Texte de Steve Behling.

Traduction-adaptation : Vanessa Rubio-Barreau.
Conception graphique du roman : Studio Blick.

Hachette Livre, 58, rue Jean-Bleuzen, 92178 Vanves Cedex.

D'APRÈS LE FILM

Disney · PIXAR

LUCA

Piaggio™ ; Vespa™

hachette
JEUNESSE

Luca

Luca est un jeune monstre marin qui élève des poissons-chèvres. Fasciné par le monde des humains, il rêve de se transformer en monstre terrestre pour découvrir la vie hors de l'eau. Mais osera-t-il désobéir à ses parents ?

Alberto

Indépendant et débrouillard, Alberto partage sa vie entre l'eau et la terre. Suivre les règles ne l'intéresse pas. Lui, ce qu'il aime, c'est partir à l'aventure et relever de nouveaux défis !

Giulia

Cette fille de pêcheur n'a pas la langue dans sa poche. Franche et courageuse, elle se prépare pour la grande course de Portorosso, et cette fois elle compte bien la gagner !

Ercole

Ercole est le champion en titre de la Portorosso Cup, et il n'a pas l'intention de laisser sa place.

Sur sa Vespa, il passe son temps à jouer les durs dans la ville, avec ses acolytes Ciccio et Guido.

Prologue

Les étoiles brillent au-dessus de la petite ville italienne de Portorosso. La nuit est douce. Pourtant, à bord de son petit bateau, Giacomo est inquiet.

– Tu veux vraiment aller pêcher près de l'*Isola del Mare*, Tommaso ?

Sur leur vieille carte marine, l'île est entourée de créatures terrifiantes, pleines d'écailles et de tentacules.

– Tu ne vas pas me dire que tu crois aux monstres marins ! C'est là qu'il y a le plus de poissons.

Giacomo hausse les épaules.

– Il s'est quand même passé des trucs bizarres…

– Ce sont des histoires ! Détends-toi un peu, écoute la musique !

Tommaso désigne le gramophone, qui joue un air d'opéra.

Leur bateau approche de la bouée… mais il n'est pas le seul. Tandis que les deux pêcheurs ont les yeux rivés sur leur filet, un énorme tentacule sort de l'eau et fait son marché : il prend une manivelle qui traîne sur le pont, un verre… et même un jeu de cartes !

Croyant entendre quelque chose, Giacomo se penche et distingue une ombre gigantesque juste sous la surface de l'eau.

– Aaaaah ! Qu'est-ce que c'est que ça ?

Mais, le temps que Tommaso se retourne, la créature s'est enfoncée plus profond et s'est emmêlée dans le filet.

– Tire, tire ! crie le pêcheur, croyant à une prise.

Le bateau penche, entraîné par le poids de la bête, et soudain, ils se retrouvent face à deux gros yeux ronds.

Le filet craque et les deux hommes tombent en arrière tandis que le monstre plonge dans les profondeurs, emportant avec lui le gramophone.

– Aaaaaah !

Cette fois, le cri ne provient pas d'un pêcheur terrifié, mais des profondeurs de l'océan. Plus précisément de la bouche d'un monstre marin de douze ans, nommé Luca Paguro.

Luca flotte devant une grange sous-marine. Vide.

Son troupeau de poissons-chèvres s'est éparpillé aux quatre courants ! Ils broutent tout ce qui leur tombe sous la dent. Luca se lance à leur poursuite. Au passage, il salue les fermiers des environs, tout en rattrapant un à un les poissons bêlants.

– Bien, je crois qu'on a tout le monde ! Allez, allez, dans l'enclos.

Avec un profond soupir qui fait une grosse bulle, Luca se laisse tomber sur un rocher. Il n'a pas le temps de se reposer bien longtemps, car un poisson s'est éloigné des autres. Luca s'approche pour voir ce qu'il grignote. C'est une sorte de rectangle, avec de drôles de signes dessus.

Soudain, un vrombissement retentit et une ombre tombe sur lui.

– Des monstres terrestres ! s'écrie Luca, paniqué. Tout le monde à l'abri !

Il cache tout son troupeau dans une petite grotte en attendant que l'ombre s'éloigne. Malgré sa peur, il aimerait bien sortir la tête de l'eau pour voir ce qui se passe dans le monde des monstres terrestres. Mais un cri le tire de sa rêverie :

– Lucaaaaaa ! À table !

Vite, il cache l'étrange objet qu'il a récupéré derrière un rocher, puis, avec son bâton de berger, il ramène le troupeau vers la maison.

Sa mère, Daniela, l'accueille, les écailles en furie.

– Tu as deux minutes de retard ! Il y avait un bateau ? Tu t'es caché ?

– Oui, maman.

– Parce que, s'ils te repèrent, à ton avis, ils vont venir te dire bonjour ? Non, ce sont des assassins, des meurtriers, des…

– Je sais, maman, fait Luca d'un ton las.

Il a visiblement entendu ce discours plus d'une fois.

– Quand j'étais petite, il se passait des semaines sans qu'on voie un bateau. Et ils n'avaient pas de moteur, juste un monstre terrestre en sueur avec des rames.

Luca prend place à table, entre son père Lorenzo et sa grand-mère.

– Salut, mon Bubulle. Ça va ? lui demande cette dernière. Tu as l'air bien songeur.

– Je… je me demandais juste… D'où viennent les bateaux ?

Son père manque s'étrangler et recrache ce qu'il a dans la bouche. Sa mère écarquille les yeux.

– Eh bien, de Portorosso, la ville des monstres terrestres, répond sa grand-mère. Juste à la surface. J'ai battu un gars aux cartes là-bas, un jour.

Cette fois, c'est au tour de Luca d'ouvrir de grands yeux.

– Tu es déjà allée à la surface ? Tu t'es métamorphosée ?

Mais sa mère coupe court à la conversation :

– Non ! Chut ! On ne parle pas de ça !

– Il est assez grand…, proteste sa grand-mère.

– Pas question. On ne parle pas de la surface, on n'approche pas de la surface, on n'y pense même pas !

Luca a beau avoir très envie d'écouter les histoires de sa grand-mère, il hoche la tête.

– D'accord, maman.

2

À la surface

Après le déjeuner, Luca retourne dans le pré, son bâton de berger à la main. Il aperçoit quelque chose qui brille entre les algues. Un verre !

Il le colle contre son œil : ça fait comme une loupe !

C'est alors qu'il repère autre chose : une grosse caisse en bois, surmontée d'une sorte de coquillage géant – ce que les monstres terrestres appellent un gramophone, mais il l'ignore.

Il s'approche, sans se rendre compte qu'une silhouette le suit. Une silhouette en combinaison de plongée, avec un harpon à la main. Un plongeur ! Juste derrière lui !

Luca détale, paniqué.

Mais le plongeur ôte son casque… et Luca découvre qu'il s'agit d'un autre monstre marin. Un garçon de son âge.

– C'est bon, je ne suis pas humain, le rassure-t-il.

– Ah, ouf ! Tu habites par ici ?

– Non, je ramasse juste des trucs pour ma collection. Tiens-moi ça.

Il lui tend le harpon et se penche pour soulever le gramophone, puis s'en va, les bras chargés.

– Hé, attends ! Tu as oublié…, crie Luca en lui rendant son arme.

– Ah, merci.

Le garçon le reprend, emportant aussi par mégarde le bâton de berger… et il sort de l'eau !

Luca n'en croit pas ses yeux. Mais, une seconde plus tard, le crochet de son bâton l'attrape comme un hameçon et le tire HORS DE L'EAU !

Sa main se transforme sous ses yeux. Ses écailles disparaissent…

– C’est ta première fois ? lui demande l’autre.

– Évidemment ! réplique-t-il. Je suis sage, moi !

– Hé, calme-toi. Respire.

Luca fait de son mieux. Prenant une profonde inspiration, il contemple le ciel bleu au-dessus de lui, les arbres, la pelouse si verte. Il découvre enfin à quoi ressemble le monde à la surface !

– Alors ? C’est pas génial ?

– Euh, non ! bafouille Luca. C’est pas bien… J’ai pas le droit d’être là. Au revoir !

Et il replonge dans l’eau.

Le soir, Luca n’arrive pas à s’endormir. Il repense à ce vaste monde, à la surface… et il échafaude un plan.

Le lendemain matin, il part très tôt avec son troupeau. Dans le pré, il empile des pierres pour fabriquer une statue qui lui ressemble à peu près. Puis il se tourne vers les poissons-chèvres en annonçant :

– Je vous présente… euh… Smuca ! C'est lui qui va s'occuper de vous, aujourd'hui. Vous devez bien l'écouter, compris ?

Les poissons regardent tour à tour Luca et Smuca, puis retournent brouter les algues.

Luca s'en va vers le rivage. Mais, alors qu'il s'apprête à sortir de l'eau, il hésite. La dernière fois, il ne l'a pas fait exprès, c'était un accident, alors que là…

– Salut !

Le monstre marin de la veille se tient derrière lui, les bras chargés.

– Allez, suis-moi !

Hors de l'eau, il se transforme en monstre terrestre sous ses yeux. Trop bizarre ! Il a de drôles de trucs marron en forme de tire-bouchons sur la tête. Et quand il les secoue, ça met de l'eau partout !

Luca prend une profonde inspiration et l'imite. Il rampe sur le rivage puis s'ébroue comme lui.

Et c'est fou : il se transforme ! Lui aussi devient un monstre terrestre ! Tout ce qui reste du Luca habituel, c'est son short en algues. Même sa queue a disparu.

Il tente de se mettre debout… mais s'écroule dans le sable.

– Ah ! s'exclame son nouvel ami. T'inquiète, je vais t'apprendre à marcher. Tout d'abord, tu te redresses…

Luca se lève tant bien que mal, chancelant mais debout.

– Et puis tu mets un pied devant l'autre ! Tu vas voir : marcher, c'est comme nager, mais sans nageoire… et sans queue… et sans eau. Mais sinon, c'est pareil.

Luca essaie… et s'étale à plat ventre.

– Hum… regarde. Tu soulèves le pied, tu le tends dans la direction où tu veux aller, et tu le poses vite avant de tomber. Et ainsi de suite…

Luca avale sa salive puis prend exemple sur son ami. Il se lève et fait un pas, puis un autre.

– Bravo !

– Ouaaaais ! J'ai réussi !

Son compagnon lui prend la main et la serre fort en l'agitant de haut en bas.

– Alberto Scofano, se présente-t-il.

– Luca Paguro.

– Viens, Luca, je vais te montrer quelque chose…

Il le conduit au pied d'une tour abandonnée, munie d'une échelle rouillée.

– Nom d'une perle ! s'écrie Luca. Tu vis ici ?

– Oui, avec mon père. Mais, comme il n'est jamais là, je fais ce que je veux. L'*Isola del Mare* est à moi.

– Et ce n'est pas dangereux ?

– Non, c'est génial ! Tout est cool à la surface ! L'air… le ciel… le soleil…, énumère-t-il en levant les bras.

Puis il se jette par terre en ajoutant :

– La gravité !

Il monte l'échelle jusqu'à son repaire et conclut :

– Et tous les trucs des humains !

Luca s'approche du gramophone.

– C'est la boîte magique de la dame qui chante, explique Alberto.

– Et ça ? demande Luca en désignant une affiche, où figure une sorte de caisse sur deux roues.

– Oh, ça, c'est la plus belle invention des humains. Tu t'assieds dessus et ça t'emmène où tu veux.

– *Vespa, c'est la liberté,* lit Luca sur l'affiche. Tu vas en fabriquer une ? Tu as tout ce qu'il faut, j'ai l'impression.

Effectivement, dans son bric-à-brac, Alberto a une roue ici… et une autre là, et un rocking-chair pour le siège.

– Super idée ! Et tu vas m'aider !

– Moi ? Non, il faut que je rentre. Mes parents…

– Tu as bien cinq minutes !

Et voilà que les nouveaux amis passent deux heures à bricoler la Vespa de leurs rêves. Luca ne s'est jamais autant amusé de sa vie !

3

Vive la liberté !

Le lendemain, Luca laisse de nouveau son troupeau sous la surveillance de ce brave Smuca… et file à la surface rejoindre Alberto. Il le trouve au sommet d'une colline, chevauchant leur Vespa.

– Allez, grimpe derrière moi, on va l'essayer !

– Euh… Merci… mais non merci, bredouille Luca.

– Comme tu voudras ! Vive la gravitéééééé ! hurle Alberto en dévalant la colline.

À mi-pente, la Vespa se démantibule et se transforme en une sorte de monocycle.

– Youpiiii !

Alberto rebondit sur un rocher, décolle dans les airs… et atterrit dans l'eau.

« Oh non, il est mort ! » panique Luca.

Mais Alberto ressort la tête de l'eau en criant :

– La Vespa, c'est la liberté ! Allez, viens, on va en construire une autre !

Ainsi, chaque matin, Luca confie le troupeau à Smuca et rejoint son ami pour de nouvelles aventures.

Un jour, Alberto décide :

– Cette fois, tu vas faire la descente avec moi.

– Hum… OK, marmonne Luca.

Sauf qu'il reste là, pétrifié sur place.

– Allez, monte ! insiste Alberto en tapotant l'engin.

– Non. Impossible. Peux pas bouger, bredouille Luca.

– Ah, je sais ce qui se passe. Tu as un Bruno dans la tête, affirme son ami. Ça m'arrive parfois. Il me dit : « Alberto, tu ne peux pas faire ça. Alberto, tu vas mourir. Alberto, arrête. » Il ne faut pas l'écouter.

– Mais pourquoi il s'appelle Bruno ?

– On s'en moque. L'important, c'est de le faire taire. Tu lui dis : « *Silenzio, Bruno !* »

– *Silenzio, Bruno*, répète faiblement Luca.

– Plus fort !

– *SILENZIO BRUNO !*

– Maintenant, *ANDIAMOOOOO !*

Les deux amis s'élancent sur leur Vespa de fortune. Luca ferme les yeux. Lorsqu'il les rouvre, juste un instant, le scooter part en morceaux.

Le garçon se cramponne à son ami en répétant en boucle :

– *Silenzio, Bruno. Silenzio, Bruno. Silenzio, Bruno.*

Et, l'espace d'un instant, les voilà qui volent dans le ciel. Puis ils retombent comme des pierres et atterrissent dans l'eau.

– Ouais ! On est en vie ! On a réussi ! s'écrie Luca.

– Ouais, renchérit Alberto. Prends ça, Bruno.

Le soir, perchés au sommet du QG d'Alberto, les garçons contemplent le ciel.

– C'est quoi, ces petites lumières ? demande Luca.

– Des anchois. Ils vont se coucher, sous la protection du grand poisson, explique Alberto en montrant la lune.

– Waouh ! Génial…

Luca regarde Portorosso, qui brille au loin, sur la côte.

– Tu es déjà allé jusqu'à la ville humaine ?

– Non, mais mon père m'en a tellement parlé que je suis un expert.

– C'est cool, fait Luca d'un ton rêveur. Mince, il est super tard… il faut que je rentre ! Merci pour la super journée !

Luca file jusque chez lui, espérant se glisser dans son lit ni vu ni connu. Hélas, ses parents, Lorenzo et Daniela, l'attendent à la porte, bras croisés. Ils ont étalé sa collection de trésors humains sur la table du salon.

– Fiston, tu nous as déçus, soupire son père. Tu es monté à la surface…

– Désolé, s'excuse Luca. Mais ce n'est pas si dangereux, tu sais. On fait très attention…

– Qui ça « on » ? aboie sa mère.

– Cas classique de mauvaises fréquentations, commente une voix inconnue.

Luca se retourne pour voir un monstre marin sortir de l'ombre. Il ressemble exactement à son père, sauf qu'il est transparent, avec des yeux laiteux… bref, affreux !

– Vous avez bien fait de m'appeler.

– Luca, je te présente mon frère, Ugo. Merci d'être venu si vite.

– Pas de pro…

Soudain, oncle Ugo se fige, comme s'il avait une attaque.

– Ce n'est pas grave, assure Lorenzo. Donne-lui un coup dans la poitrine, son cœur va repartir aussitôt.

Terrifié, Luca obéit. Et son oncle revient instantanément à lui.

– Merci, toussote-t-il. Trop d'oxygène. Plus l'habitude. On n'a pas ça dans les abysses, tu vas voir.

– Quoi ? fait Luca sans comprendre.

– Enfin, tu ne verras pas grand-chose, dans l'obscurité, continue oncle Ugo. Tu seras seul avec tes pensées… et avec une carcasse de baleine à grignoter.

– Mais… qu'est-ce que vous racontez ? demande le garçon, paniqué.

– Tu vas passer l'été dans les abysses avec oncle Ugo, lui annonce Daniela.

– Non, pas question !

– Alors l'année entière, réplique-t-elle.

– Pourquoi vous me faites ça ? gémit-il, en larmes.

– Le monde est plein de dangers, Luca, affirme sa mère. Au moins, dans les abysses, tu seras en sécurité. C'est pour ton bien…

Luca file dans sa chambre et lui claque la porte au nez, avant de se laisser tomber sur son lit.

Il n'a pas le choix. Il sait ce qui lui reste à faire. Il s'enfuit par la fenêtre ouverte…

La Portorosso Cup

Luca file chez Alberto pour tout lui raconter.

– Ce n'est pas juste ! Ils m'envoient dans les abysses, chez mon oncle trop bizarre.

– Tu n'as qu'à rester avec moi, propose son ami.

– Ici ? Non, ils viendront me chercher, assure Luca.

– Alors plus loin, suggère Alberto en se tournant vers Portorosso. Une ville pleine de Vespa, tu imagines ?

– Non, c'est de la folie…

– Toi et moi, libres… sans personne pour nous dire quoi faire.

Il n'en faut pas plus pour convaincre Luca. Pas le temps d'hésiter, c'est maintenant qu'il faut y aller…

Les deux garçons rejoignent la côte à la nage. Mais il y a plein de gens sur la plage : comment sortir de l'eau sans se faire remarquer ? Ils se glissent sous un vieux bateau de pêche échoué. Ainsi cachés sous la coque retournée, ils peuvent changer de forme discrètement.

Une fois transformés, ils entrent dans la ville.

– Fais tout comme moi, conseille Alberto. Et surtout ne te mouille pas.

Luca ouvre de grands yeux. Il y a tant à découvrir !

Au milieu de la place se dresse une fontaine, avec en son centre une statue. Luca se fige brusquement : elle représente un homme à moustache terrassant un monstre marin !

Terrifié, Luca prend Alberto par le bras.

– C'est trop dangereux, on s'en va !

Piaggio™ ; Vespa™

Un vrombissement retentit alors dans leur dos. Un garçon un peu plus âgé déboule sur un scooter rutilant.

– Oh ! souffle Luca. Monsieur Vespa !

– *Buongiorno a tutti !* claironne le garçon en klaxonnant tandis que la foule s'écarte sur son passage.

Il fait des figures sur sa Vespa en braillant :

– C'est moi, Ercole le champion ! La fierté de Portorosso !

Il s'assied à la terrasse d'un café et claque des doigts. Aussitôt, ses deux acolytes, Ciccio et Guido, rappliquent pour lui tenir son panini et sa boisson.

Mais, alors que Luca et Alberto s'approchent pour admirer la Vespa, un ballon leur roule entre les pieds.

Luca veut le renvoyer aux gamins qui jouent au foot sur la place. Il prend son élan et shoote. La balle vole dans les airs et retombe… droit sur la Vespa !

Silence de mort sur la place.

– *La mia bambina !* s'écrie Ercole en se ruant sur son scooter chéri. Parle-moi ! Tu es blessée ?

Il s'agenouille pour l'examiner.

– *Mamma mia*… Si elle a ne serait-ce qu'une éraflure…

Mais le ballon a rebondi sur le siège, la Vespa est toujours aussi rutilante.

Les yeux plissés, Ercole scrute la place à la recherche des coupables. Son regard s'arrête sur Luca et Alberto.

– Ma fifille n'a rien, vous avez de la chance !

– Euh... bonjour, Signor Vespa, bafouille Alberto.

– Signor Vespa ? Ha, ha, ha ! Je suis Ercole Visconti, cinq fois vainqueur de la Portorosso Cup.

– La quoi ?

– La Portorosso Cup, *per mille sardine.* Comment crois-tu que j'ai payé ma chérie ?

Luca ne peut détacher ses yeux de la Vespa. Il n'a jamais rien vu d'aussi beau de sa vie.

– Eh, minus, arrête de la regarder ! aboie Ercole. Elle est trop belle pour toi. Et puis tu sens le poisson, tu devrais prendre un petit bain.

Il attrape Luca par le cou pour lui plonger la tête dans la fontaine. Des gouttelettes lui mouillent le visage et, par endroits, ses écailles réapparaissent. Mais, alors que son bourreau va lui enfoncer la tête sous l'eau, il est distrait par un cri.

– Ercole, *basta !*

Luca se retourne pour voir débouler une fille de son âge sur un vélo. Elle traîne une remorque pleine de poissons.

– Oh, mais voilà Giulia Vomilia ! lance Ercole, moqueur. Tu t'entraînes pour la course ?

– Oui, ton règne de terreur touche à sa fin.

– Tu m'as déjà dit ça l'an dernier… et tu as perdu parce que tu as vomi toutes tes pâtes ! Dégage, je m'amuse avec mes nouveaux amis.

– Non, ils viennent avec moi.

Giulia se tourne vers Luca et Alberto.

– Montez ! Plus j'ai de poids à l'arrière, plus je me muscle.

Et la voilà qui détale en pédalant de toute la force de ses petits mollets. Au passage, elle tire la langue à Ercole.

– C'est ça, va fonder un club de losers ! réplique le garçon.

En s'éloignant, la fille grommelle :

– Il fait son malin parce qu'il remporte toujours la Cup, mais il ne la mérite pas. Vous êtes en ville pour tenter votre chance ?

Alberto saisit l'occasion pour en apprendre davantage.

– Euh… peut-être. Et qu'est-ce qu'il y a à gagner ?

Giulia tire une poignée de pièces de sa poche.

– Des sous !

Les deux garçons ne voient pas ce qu'ils pourraient faire de ces petits ronds de métal.

Mais, juste à ce moment-là, ils passent devant un garage.

– Et ces « sous », on pourrait les échanger contre ça ? demande Luca en montrant du doigt une Vespa étincelante.

Giulia fait la grimace.

– Hum… plutôt ça, corrige-t-elle en désignant le vieux scooter rouillé juste à côté.

Les deux amis échangent un regard complice. Ça leur va tout à fait !

– Bon, alors il faut qu'on gagne la course, décrète Alberto.

– Pas question ! s'emporte Giulia. C'est moi qui vais battre Ercole et me venger ! Et puis ce n'est pas si facile !

Il y a trois épreuves : la natation, les pâtes et le vélo !

Alberto a alors une idée de génie.

– Je te propose un marché, fille humaine. Si on fait équipe, on aura plus de chance de l'emporter.

Giulia arrête de pédaler pour les toiser.

– OK… mais d'abord, on va voir ce que vous valez.

5

Comme des chefs

Giulia détache la remorque de poissons pour que Luca essaie son vélo. Mais, dès qu'il pose les pieds sur les pédales, l'engin fait un bond en avant… et le garçon passe par-dessus le guidon.

– Montre-lui qui est le chef, lui conseille Alberto. Il ne doit pas sentir que tu as peur.

Luca a beau se répéter en boucle « *Silenzio, Bruno* », il n'arrive pas à maîtriser la bête.

– *Santa Mozarella !* soupire Giulia. Ne me dis pas que tu n'as jamais fait de vélo ? Tu tombes parce que tu regardes tes pieds. Lève les yeux !

Le garçon suit ses instructions… et miracle, il roule !

– Bon, et toi ? enchaîne la fille en se tournant vers Alberto. Tu sais nager ?

– Ah ! s'exclame Alberto. Je suis super…

Un coup de coude de Luca lui rappelle qu'il ne peut absolument pas nager en public.

— … hum… nul en natation.

– C'est pas vrai. Non mais d'où vous sortez ?

– On est des fugitifs, affirme Alberto.

– Mes parents veulent m'envoyer dans un endroit horrible, mais, si on gagne la course, on sera libres. Je t'en prie ! supplie Luca.

Giulia réfléchit avant de déclarer :

– Vous êtes aussi motivés que moi. Alors ça marche. Il mange, tu pédales, et je nage. Maintenant, il faut juste que mon père nous donne de quoi payer les frais d'inscription.

En arrivant chez elle, Giulia annonce :

– Papa, j'ai invité des amis à déjeuner.

Son père est justement en cuisine, en train de trancher la tête d'un poisson de son unique bras couvert de tatouages.

En voyant les harpons accrochés aux murs, Luca frissonne.

– Vous aimez pêcher ? demande-t-il.

– C'est mon métier. J'attrape tout ce qui nage. D'ailleurs, vous avez vu le journal ?

En première page s'étale un gros titre : MONSTRE MARIN APERÇU PRÈS DE L'*ISOLA DEL MARE*. Il la déchire et l'accroche au mur d'un coup de couteau… à côté de dizaines d'articles similaires.

Terrorisé, Luca lâche son verre d'eau et mouille Alberto. Aussitôt, les écailles vertes du garçon réapparaissent. Luca pousse vite son ami sous la table pendant que Giulia et son père leur tournent le dos. C'est bon, personne ne les a vus.

Personne... sauf le chat, qui les fixe de ses gros yeux. Lui, il connaît leur secret. Et quand ils se mettent à table, l'animal se jette sur Luca, toutes griffes dehors.

– Hé, Machiavelli, arrête ! proteste Giulia. Désolée !

Une fois débarrassé du félin furieux, Luca regarde son assiette : ces pâtes... on dirait un paquet d'algues tout emmêlées. Comment les monstres terrestres font-ils pour manger ça ? Voyant qu'Alberto les attrape à pleines mains pour les fourrer dans sa bouche, Luca l'imite.

Massimo, le père de Giulia, les dévisage, un peu surpris.

– Vous venez d'où, déjà, les garçons ?

– C'est des copains de classe, intervient sa fille. De Gênes. Ils sont là pour la course. On fait équipe.

– La course ? répète son père. Encore ? Mais ça te rend malade… Et puis ça coûte cher. Et je…

– Je ferai deux fois plus de livraisons pour ta poissonnerie, le coupe Giulia.

– Il faudrait déjà que j'aie de la marchandise à vendre.

– Pour ça, on peut vous aider. On s'y connaît en poissons ! affirme Alberto.

Massimo se laisse convaincre de les emmener à la pêche le lendemain. En attendant, Giulia les installe dans sa cabane, perchée dans un arbre, juste devant sa fenêtre.

– Quelle journée… On a failli être tués un million de fois, murmure Luca avant de s'endormir.

– Tu plaisantes ? On se débrouille comme des chefs ! affirme son ami.

6

La pêche miraculeuse

Le lendemain matin, les parents de Luca montent à la surface, bien décidés à retrouver leur fugitif de fils.

Daniela vérifie que la voie est libre, puis elle sort de l'eau en grommelant :

– Je ne comprends pas ce qu'il trouve à cette ville de fous… Il y a des monstres partout…

Elle sursaute. Justement, en voilà un ! Elle lui flanque une claque.

– Mais, Daniela, c'est moi ! proteste son époux.

– Oh, désolée, je ne t'avais pas reconnu.

– Attends, je vois Luca…

Lorenzo s'approche d'un petit garçon qui mange une glace, assis sur un muret au bord de l'eau.

– Salut, jeune homme ! lui lance-t-il.

Le gamin recule, effrayé.

– Oh, pas le peine de jouer à ce petit jeu là avec moi ! s'exclame Lorenzo. Je sais que c'est toi, Luca.

Et, pour le prouver, il le pousse dans l'eau. Manque de chance, le petit garçon reste un petit garçon. Il ne se change pas en monstre marin, et encore moins en Luca. Paniqué, il se met même à pleurer.

Daniela s'empresse de le sortir de l'eau, puis elle entraîne son mari à l'écart.

– On ferait mieux de filer avant que sa mère rapplique, murmure-t-elle.

– Mamaaaaan ! hurle justement le petit garçon.

Alors qu'ils s'éloignent bien vite, Daniela se tourne vers son époux.

– Je suis sûre que je reconnaîtrai mon fils quand je le verrai, affirme-t-elle.

Mais, lorsqu'ils arrivent sur la place de Portorosso, ils comprennent que ça ne va pas être si facile. Il y a des enfants partout…

– Nom d'un requin ! soupire Lorenzo.

Pendant ce temps, Massimo réveille les deux amis dans leur cabane.

– Au boulot ! Giulia, tu t'occupes des livraisons. Nous, on part à la pêche !

La mer est calme quand ils quittent le port. Massimo sifflote un air d'opéra.

– *Buongiorno, Massimo !* lui lance un vieux pêcheur. Ouvre l'œil, si jamais tu croises un monstre marin !

Massimo brandit son harpon.

– T'inquiète, Tommaso, il ne m'échappera pas !

Luca et Alberto gloussent nerveusement, tout en se cramponnant pour ne pas tomber dans l'eau.

– Hé, les gars, on n'est pas là pour s'amuser ! leur rappelle Massimo. Rendez-vous utiles.

En mer, les garçons sont impressionnés de le voir tirer les filets avec son unique bras.

– Eh oui, c'est un monstre marin qui l'a mangé ! s'esclaffe-t-il.

Comme ils deviennent tout pâles, il s'empresse d'ajouter :

– Non, je blague. Je suis né comme ça.

Hélas, il ne remonte qu'un seul poisson dans le filet.

– Mauvaise pêche, aujourd'hui, constate-t-il.

– C'est sûrement parce qu'on est au-dessus d'un cimetière marin hanté, suggère Luca.

– Enfin, les poissons croient qu'il est hanté… À cette heure-ci, ils doivent tous être… par là-bas, ajoute Alberto en tendant le bras.

C'est au tour de Massimo de les regarder d'un air bizarre. Mais il suit quand même leurs conseils. Et il fait bien !

Lorsqu'ils rentrent avec leur pêche miraculeuse, Giulia les attend au port.

– Tes amis sont des experts en poisson ! avoue son père, les bras chargés.

– *Benissimo !* commente-t-elle. Alors… on va s'inscrire ?

7
Trio de choc

Sur la place, il y a déjà une file immense devant le stand des inscriptions. Mais ça ne décourage pas nos trois amis. C'est quelqu'un d'autre qui va s'en charger.

Alors qu'ils attendent leur tour, un cri retentit :

– Poussez-vous ! Champion à l'approche !

– Ercole, gémit Giulia.

– Gardez vos sous, *ragazzi* ! lance le garçon en passant devant tout le monde. Je vais gagner la course pour la sixième fois.

C'est alors qu'il les remarque.

– Oh, mais c'est Giulia Vomilia et les deux minables. Désolé, mais vous n'avez pas payé la taxe d'entrée à Portorosso.

Comme il claque des doigts, Ciccio arrache l'argent des mains de Luca pour le lui donner.

– T'as pas le droit ! proteste Giulia.

– Le champion a tous les droits, réplique-t-il.

– Ercole, ton règne de terreur touche à sa fin, menace-t-elle.

– Tu radotes…

– Hum… et… et… tu ressembles à un poisson-chat, ajoute-t-elle.

– Ah oui, ça lui va bien, renchérit Luca. Le poisson-chat vit dans les fonds marins et se nourrit de déchets. C'est la poubelle de la mer.

Un cri étouffé monte de la foule. *Il a osé !* Petit à petit, des gloussements s'échappent ici et là. Tout le monde rigole, même Guido.

Furieux, Ercole rend l'argent à Giulia.

– Très bien, inscrivez-vous. Mais je vais vous écraser, j'en fais une affaire personnelle.

Puis il s'en va à travers la foule en marmonnant :

– Désolé, pas d'autographes aujourd'hui.

Giulia se tourne vers le stand et annonce fièrement :

– On s'inscrit en équipe. Giulia Marcovaldo !

– Luca Paguro !
– Alberto Scofano !

Pendant que le trio file s'entraîner, les parents de Luca essaient toujours de retrouver leur fils. Daniela a même développé une technique imparable : elle vole le ballon aux gamins qui jouent au foot, elle dribble et, quand ils essaient de la rattraper, elle les pousse dans la fontaine, un par un. S'ils ne se transforment pas… c'est qu'il ne s'agit pas de Luca.

Le soir, pendant qu'Alberto aide Massimo à ranger les filets, Giulia et

Luca s'installent sur la terrasse de la cabane.

– Tu étais bien silencieux, ce soir, au dîner, remarque-t-elle.

– Mmm... j'ai cru voir mes parents sur la place, cet après-midi. S'ils me retrouvent, ils m'enverront dans cet endroit affreux. Du coup, Alberto et moi, on ne pourra pas gagner notre Vespa, et on ne pourra pas faire le tour

du monde en dormant chaque soir à un endroit différent, sous les poissons qui brillent, soupire le garçon.

– Quels poissons ?

– Bah, les anchois, là-haut…

– Euh… viens, je vais te montrer quelque chose.

Elle le prend par la main et, ensemble, ils sautent de toit en toit à travers Portorosso. Ils arrivent à une sorte de petite plateforme où se dresse un drôle d'ustensile sur trois pieds.

– C'est le télescope du vieux Bernardi. Pour voir les choses qui sont très loin. Regarde.

Luca y colle son œil et voit une nuée de lumières brillantes dans le ciel.

– Alors… il y a des poissons ? l'interroge Giulia.

– Non, répond Luca. Mais alors qu'est-ce que c'est ?

– Ce sont des étoiles. Comme le soleil. Des boules de feu géantes.

Luca est fasciné.

– Où as-tu appris tout ça ?

– À l'école, tiens.

– Cool…

8

Trahison

Le trio a une semaine pour se préparer. Alors, tous les matins, c'est le même rituel : Giulia réveille ses deux amis en trompetant à la fenêtre, puis ils s'entraînent toute la journée. Course de vélo pour Luca, maniement de la fourchette avec une variété de pâtes différente à chaque repas pour Alberto, et un aller-retour à la nage jusqu'à la bouée pour Giulia.

Le soir, ils tombent de sommeil.

Du côté des parents de Luca, c'est également le même rituel tous les jours : ils parcourent la ville de long en large à la recherche de leur fils…

Un soir, alors qu'ils rentrent encore bredouilles, Daniela soupire, découragée :

– Tu crois que j'ai été trop dure avec lui ?

– Non, tu voulais juste le protéger, répond Lorenzo. C'est moi, j'aurais dû faire plus attention à lui…

Soudain, il fait un bond de côté. Un vélo les frôle, filant à toute allure. Le garçon penché sur le guidon ressemble comme deux gouttes d'eau à…

– Luca ! hurle Daniela en se lançant à sa poursuite. C'est lui, j'en suis sûre.

Mais elle a beau courir, Luca pédale plus vite. Il prend un raccourci, slalome dans les ruelles pour la semer. Quand il rejoint ses amis sur le port, Giulia stoppe le chrono en s'écriant :

– *Bravissimo !* Meilleur temps de la semaine.

– C'est parce que j'ai vu mes parents, halète-t-il. Ils sont là !

– Mais non, tu rêves…, le coupe Alberto. Et puis, t'inquiète, on va gagner la course, acheter la Vespa et filer… Et ils ne te retrouveront jamais !

Mais Luca n'a plus l'air aussi convaincu par ce plan. Il se tourne vers Giulia.

– Justement, je me demandais : tu crois qu'on pourrait venir dans ton école ?

– *Santo Pecorino !* C'est une super idée.

Alberto secoue la tête.

– On veut gagner cette Vespa pour parcourir le monde et être libres, pas pour aller à l'école !

– Mais moi, j'ai envie d'apprendre, affirme Luca.

– N'importe quoi. Parce que tu crois que l'école de Giulia est ouverte à tous, peut-être ?

Celle-ci hausse les épaules.

– Bah, bien sûr !

Alberto insiste :

– Ils nous accepteraient même si… même si on était… des monstres marins ?

Son copain éclate d'un rire forcé.

– Ha ha ha ! Quelle bonne blague ! T'es trop drôle, Alberto.

Giulia écarquille les yeux sans comprendre.

– Quoi ? Mais qu'est-ce que tu racontes ?

– Je sais, c'est dur à imaginer, réplique Alberto. Alors je vais te montrer.

Et sur ces mots, il saute dans l'eau.

– Arrête ! C'est moi qui dois m'entraîner à la nage, proteste Giulia.

Alberto ressort alors… en monstre marin. Comme elle recule, terrifiée, il soupire :

– Je te l'avais bien dit, Luca. Les monstres terrestres ne nous aiment pas.

Mais son ami fait comme s'il ne le connaissait pas. Tendant un doigt tremblant, il hurle :

– Au secours ! Un monstre marin !

Manque de chance, Ercole, qui passait par là avec ses deux acolytes, l'a entendu. Il brandit son harpon en hurlant :

– Où ça ? Où ça ? Je vais le tuer !

Alberto n'a pas d'autre choix que de retourner dans l'eau pour lui échapper.

9
La promesse de Luca

Giulia et Luca se retrouvent seuls.

– Ce n'est pas grave, on pourra quand même faire la course tous les deux, affirme le garçon.

– Luca !

– Quoi ?

Giulia ouvre sa petite bouteille d'eau et arrose son ami avec. Des écailles apparaissent sur sa main.

– C'est bien ce que je pensais.

– Je peux tout t'expliquer…

– Qu'est-ce que vous êtes venus faire ici ? s'étonne-t-elle. Portorosso est LA ville des chasseurs de monstres marins !

– Je n'avais pas le choix, ma mère risquait de…

– Eh bien, mon père risque de te tuer ! Tu ne peux pas revenir à la maison !

– On s'amusait si bien tous les trois…

– Je sais, soupire Giulia.

– Mais j'ai tout gâché, comprend soudain Luca. Je suis désolé.

Luca sait qu'il ne lui reste qu'une chose à faire. Il plonge dans la mer et nage jusqu'à l'*Isola del Mare.* Mais c'est un triste spectacle qui l'attend : dans son repaire, Alberto a tout cassé, tout jeté par terre.

– Qu'est-ce que tu fais là ? lui demande-t-il sèchement.

– Je... je suis désolé, bredouille Luca. Je n'aurais pas dû... Je regrette.

– Ouais, c'est ça. Maintenant, va-t'en.

Juste à côté du poster Vespa arraché, Luca remarque des petits bâtons tracés sur le mur.

– C'est quoi, ça ?

– Les jours écoulés depuis le départ de mon père... Tu vois, lui aussi, il a décidé qu'il était mieux sans moi, marmonne Alberto.

– Arrête, on va gagner cette course, acheter notre Vespa et partir ensemble.

– Sans moi.

– OK, alors JE vais gagner la course et je reviens te chercher, promet Luca.

10 Tous des monstres !

Le jour de la course arrive enfin.

Luca a prévenu les organisateurs que Giulia et lui participeront séparément.

– Mais tu ne peux pas nager devant tout le monde, lui rappelle-t-elle. Tu sais bien…

– T'inquiète, j'ai un plan.

De loin, le garçon repère ses parents sur la place. Ils se sont inscrits comme volontaires pour donner à boire aux concurrents… sauf que, au lieu de leur tendre un verre d'eau, ils le leur lancent au visage pour voir s'ils se transforment. Luca évite donc soigneusement de passer devant eux pour rejoindre la ligne de départ.

Quand Giulia l'aperçoit, elle comprend : il a revêtu un scaphandre, pour nager sans qu'on repère ses écailles.

– T'as pas pu te payer un vrai maillot, *piccoletto* ? se moque Ercole, venu assister au départ de son coéquipier Ciccio.

Luca plonge dès le signal du départ. Seulement, sa combinaison est lourde. Elle n'est pas faite pour nager mais pour rester au fond de l'eau.

Malgré tout, il continue courageusement sa course.

Ciccio fonce comme une fusée ! Et pour cause, Ercole a enduit sa peau d'huile d'olive pour qu'elle glisse mieux dans l'eau.

« La triche ! » pense Giulia.

Mais bientôt, attirés par l'huile, les poissons encerclent Ciccio et l'empêchent d'avancer. Bien fait !

Giulia sort de l'eau la première et fonce au stand de pâtes. Elle attaque voracement son assiette.

Ciccio arrive bien plus tard et tape dans la main de Guido, qui file manger les pâtes.

Mais Luca n'est toujours pas ressorti. Les juges commencent à s'inquiéter quand, finalement, le voilà qui se traîne hors de l'eau avec son scaphandre.

Il s'empresse de l'enlever et court jusqu'à la table.

« Oh non, des *trenette !* »

Il a toutes les peines du monde à piquer ces pâtes longues et fines à la fourchette. C'est Alberto qui s'est entraîné, pas lui.

Discrètement, Giulia lui montre comment les enrouler autour de sa fourchette. Puis, une fois son assiette vide, elle se lève en se tenant le ventre.

Elle titube jusqu'à son vélo, le cœur au bord des lèvres.

– Ha ha ! se moque Ercole. Giulia Vomilia va nous faire une belle pizza.

La fillette pince les lèvres et s'élance.

Furieux, Ercole prend les pâtes à pleines mains pour les enfourner dans la bouche de Guido avant de foncer vers son vélo. Il a vite fait de rattraper Giulia et il la double en donnant une pichenette dans son casque.

Luca aspire courageusement sa dernière pâte puis, laissant échapper un rot sonore, il enfourche son vélo.

Il pédale, pédale et arrive bientôt au niveau d'Ercole, qui, sûr de sa victoire, s'est arrêté pour se recoiffer.

Quand Luca le double, le champion hurle :

– Hé, mais c'est de la triche ! *Arbiiiitro !*

Les dents serrées, Luca continue à pédaler. Hélas, de gros nuages noirs s'amoncèlent au-dessus de Portorosso. Le garçon accélère, espérant battre la pluie, mais une première goutte tombe sur sa main et fait apparaître ses écailles. Luca est obligé de s'arrêter pour s'abriter sous l'auvent d'un magasin.

Piaggio™ ; Vespa™

Ercole lui passe devant en se moquant :

– T'as peur de fondre, *Piccoletto* ?

C'est alors qu'Alberto surgit de nulle part, avec un grand parapluie à la main.

– Luca, c'est pour toi ! lance-t-il.

Mais Ercole lui donne un coup de pied au passage. Alberto lâche le parapluie, roule sous l'averse… et se change en monstre marin. Ercole freine net en hurlant :

– Ciccio, mon harpon, vite !

– Aahh, un monstre ! crie la foule, paniquée. Ne le laissez pas s'échapper !

Luca doit quitter son abri pour aider son ami.

– Non, ne te mouille pas ! l'arrête Alberto. Tu peux encore gagner.

Mais il n'est pas question que Luca le laisse se faire embrocher. Toujours sur son vélo, il sort sous la pluie et se change en monstre marin, lui aussi.

Voilà alors Giulia, qui arrive au sommet de la pente. C'est la première fois qu'elle voit Luca ainsi.

– *Santa Ricotta !* s'écrie-t-elle en freinant de toutes ses forces.

Luca fend la foule sur son vélo, attrape Alberto et le hisse sur la selle derrière lui… et les deux monstres dévalent la pente.

– Alors, Ciccio, ça vient, ce harpon ? s'impatiente Ercole.

Dès qu'il a l'arme en main, il file aux trousses des deux amis, suivi de près par Giulia. Il va lancer le harpon sur Luca quand Giulia lui fait littéralement une queue de poisson !

Ercole lui rentre dedans. Le garçon et la fille tombent en vrac sur les pavés. Mais Luca voit que Giulia se tient le bras.

– Elle est blessée !

Alberto et Luca sautent à bas du vélo pour la secourir. Ils la portent jusqu'à la place… où malheureusement une bande de pêcheurs armés de filets et de harpons les attend !

Ercole joue des coudes pour s'approcher.

– Je les ai vus le premier ! crie-t-il. La récompense est pour moi.

Pour la première fois, Luca lui tient tête.

– Tu ne nous fais pas peur.

– Oui, mais vous, vous nous faites peur ! réplique Ercole. Monstres !

– Arrêtez ! hurle Giulia. Ce ne sont pas des monstres !

– Ah oui, alors tu peux me dire qui ils sont ? réplique Ercole.

– Moi, je les connais, intervient Massimo en surgissant de la cohue.

La foule se tait, stupéfaite. Le père de Giulia prend les mains des deux garçons pour les lever en l'air.

– Ce sont Luca et Alberto, les vainqueurs de la course !

– Mais ce sont quand même des monstres ! insiste Ercole.

Comme Giulia lui arrache son harpon des mains, il se tourne vers ses acolytes en aboyant :

– Un autre harpon, *presto*, bande de limaces !

Ciccio et Guido se consultent du regard, puis ils le prennent chacun par un bras, le soulèvent et le jettent dans la fontaine.

– *Mamma mia !* gémit Ercole en s'agitant dans le petit bassin. Je ne sais pas nager.

– C'est fini, Ercole, commente Giulia. Ton règne de terreur a pris fin.

– Luca !

Tournant la tête, ce dernier voit débarquer son père et sa mère, trempés par la pluie, sous leur forme de monstres marins.

Daniela et Lorenzo le serrent à l'étouffer contre leurs écailles.

– Tu nous as fait une de ces peurs ! lui reproche sa mère. Mais tu leur as cloué leur petite bouche, à ces monstres terrestres ! Je ne sais pas si je dois être fière ou en colère…

La foule, émue, regarde cette famille de monstres marins pas si différente de la leur, finalement. Ici et là, des habitants de Portorosso lâchent leur parapluie, laissant la pluie les transformer et révéler leur vraie nature… Il se trouve qu'Alberto et Luca n'étaient pas les seuls monstres de la ville !

Épilogue

Quelques semaines plus tard, Luca et Alberto se retrouvent sur le quai de la gare pour dire au revoir à leur amie. L'été est fini, Giulia doit retourner à l'école, à Gênes.

Elle les serre dans ses bras.

– *Santa Gorgonzola !* s'exclame-t-elle. J'ai hâte de revenir l'an prochain. Vous me laisserez monter sur votre Vespa ?

– Oui ! D'ici là, on l'aura retapée, promet Luca, les larmes aux yeux.

– Hum, toussote Alberto. À ce propos… il se pourrait que… je l'aie vendue pour acheter ça.

Il tend à Luca un billet de train. Pour Gênes.

– Mais…

Le garçon voit ses parents et sa grand-mère arriver sur le quai.

– Si tu promets de m'écrire tous les jours, je veux bien te laisser partir, dit sa mère.

– Tu vas vivre avec Giulia et sa *mamma*, enchaîne son père. Surtout, travaille bien à l'école.

Luca n'en croit pas ses oreilles.

– Mais… et toi, Alberto ? demande-t-il en se tournant vers son ami.

– Oh, je vais m'installer chez Massimo. Il a besoin d'un assistant pour la pêche !

Luca regarde sa famille, ses amis, monstres terrestres ou marins, tous rassemblés autour de lui. Son rêve va se réaliser et il n'a qu'une seule chose à dire :

– Merci ! *Grazie ! Grazie mille !*

Fin